VENTE

Du Vendredi 22 Février 1901

A 3 H. 1/2 PRÉCISES

50 DESSINS

Anciens

AQUARELLES — GOUACHES — PASTELS

EXPOSITIONS

Le Jeudi 21 Février 1901

DE 1 H. 1/2 A 5 H. 1/2

et le Vendredi 22 Février, jour de la vente

DE 2 H. A 3 H. 1/2

IMPRIMERIE ARTISTIQUE
MÉNARD & CHAUFOUR
PARIS
X, 10. RUE MILTON

CATALOGUE

DE

50 BEAUX DESSINS

Anciens

AQUARELLES, GOUACHES, PASTELS

DONT LA VENTE AURA LIEU

HOTEL DROUOT, SALLE N° 7

Le Vendredi 22 Février 1901

à 3 h. 1/2 précises

Me P. CHEVALLIER | **M. E. GANDOUIN**
COMMISSAIRE-PRISEUR | EXPERT
10, Rue Grange-Batelière | *40, Avenue Wagram, 40*

Chez lesquels se distribue le Catalogue

EXPOSITIONS PUBLIQUES

LE JEUDI 21 FÉVRIER 1901

de 1 h. 1/2 à 5 h. 1/2

ET LE VENDREDI 22 FÉVRIER, JOUR DE LA VENTE

de 2 h. à 3 h. 1/2

CONDITIONS DE LA VENTE

Elle sera faite au comptant. Les acquéreurs paieront *dix pour cent* en sus des prix d'adjudication.

Les Dessins seront visibles chez M. E. GANDOUIN, expert, 40, avenue Wagram, les Lundi 18, Mardi 19 et Mercredi 20 Février 1901, de 1 heure à 6 heures du soir.

M. GANDOUIN recevra les commissions des personnes qui ne pourraient assister à la vente.

Paris. — Imprimerie Ménard et Chaufour, 8-10 rue Milton.

DÉSIGNATION

APPIANI

1 — *Bonaparte.*

Il est vu en buste, le sabre sous le bras, la tête tournée à droite.
Beau dessin au lavis.

AUGUSTIN

2 — *Jeune garçon.*

Vu jusqu'aux épaules, la tête légèrement tournée à droite.
Beau dessin à la pierre noire.

AUGUSTIN (D'après)

Par Martino

3 — *La Duchesse d'Angoulême.*

Beau dessin au crayon noir et à l'estompe. Signé.

AUBRY

4 — *Diseuse de bonne aventure.*

> Plume et lavis.
>
> Beau dessin d'une exécution vigoureuse.
>
> A été gravé par N. DE LAUNAY.
>
> Cadre ancien sculpté doré.

BAUDOUIN

5 — *La Toilette interrompue.*

> Dans un riche intérieur, une jeune femme aidée de sa suivante, change de costume. Par la portière entr'ouverte, un intrus les effraye.
>
> Très belle gouache. Cadre bois sculpté.
>
> Ex-collection du baron PICHON.
>
> Ex-collection de M. Gustave DELOYE.

BOREL

(Ecole Française)

6 — *Leçon interrompue.*

> Dans un intérieur orné de draperies et d'une statue de Minerve, près d'une table chargée de livres, etc., la jeune élève assise, en négligé, est près de céder aux désirs de son professeur.
>
> Gouache signée. Cadre ancien.

BOUCHER

(François)

7 — *Femme assise.*

A la pierre noire rehaussée.

Etude pour le tableau représentant la Chasse.

BOUCHER

(François)

8 — *Tête de Madame de Pompadour.*

Restes d'un pastel de ce maître qui l'avait représentée en naïade, à mi-corps.

BOUCHER (François)

(Attribué à)

9 — *Jeune femme assise, en toilette de fête.*

Crayon noir et de couleurs. Piqué d'humidité.

CHEVAUX

10 — *Bouquetière.*

Partant pour le marché, elle se retourne pour envoyer un au revoir au jardinier.

Très jolie aquarelle. Signée.

COCHIN (fils)

(CHARLES-NICOLAS)

11 — *Deux culs de lampe.*

> Fort jolies compositions d'amours.
> Mine de plomb. Signés.
> Cadre bois sculpté doré.

DELAFOSSE

12 — *Crypte d'un palais.*

> Plume et lavis aquarellé.

ECOLE FRANÇAISE (xviiie siècle)

13 — *Le Prince de Conti.*

> Vu à mi-corps ceint du grand cordon, le grand maître
> de l'ordre de Malte est représenté marchant vers sa
> droite.
> Crayon noir et de couleur.

EISEN

(CHARLES)

14 — *Le Bouquet.*

> Une jeune femme assise dans un riche intérieur reçoit un
> bouquet que lui présentent un jeune garçon et une fillette
> en robe à paniers qui viennent d'être introduits par une
> servante. Sur une table près d'elle, une poupée, un che-
> val de bois qu'elle prend de la main gauche.
> Important dessin. Mine de plomb sur vélin reproduit
> en gravure par R. GAILLARD.

FRAGONARD

(Jean-Honoré)

15 — *Chérubin.*

> Dessin à la pierre noire, rehaussé. Etude où nous croyons reconnaître Mlle Rosalie Frago.

GÉRARD

(Mlle Marguerite)

16 — *Jeune femme debout.*

> Représentée presque de profil dans une attitude provocante, relevant sa jupe derrière elle.
>
> Crayon noir rehaussé.

HESSE

17 — *Delphine Gay.*

> Sepia ; datée.
>
> Delphine Gay fille de Sophie Gay est devenue Mme de Girardin.

HOIN

(Claude)

18 — *Allégorie sur le mariage du Dauphin et de Marie-Antoinette ?*

> Gouache sur soie.
> Signée.

HOIN

(Claude)

19 — *Portrait d'homme.*

> Grandeur nature, tête tournée à droite.
> Beau dessin rehaussé.
> Ex coll. X., de Dijon.

ISABEY

(Jean-Baptiste)

20 — *Portrait de femme.*

> Représentée en buste, sa tête tournée à droite est
> entourée d'un voile découvrant la figure.
> Aquarelle signée : J. Jabey, 1817.
> Ovale.

LALLEMAND

21 — *Baigneuses dans un paysage.*

> Plume et aquarelle.

LAJOUE

(Charles)

22 — *Fête des vendanges.*

> Beau dessin plume et bistre.
> Très belle qualité.

LANCRET

(Nicolas)

23 — *Feuille de croquis.*

Femmes debout et têtes.
Sanguine.

LA TOUR

(Maurice, Quentin de)

24 — *La Mère de l'artiste.*

Crayon noir et de couleur.
Précieux dessin d'une exécution remarquable provenaut des collections : Ary Scheffer, Marjolin, Aubriet.

LA TOUR

(Maurice, Quentin de)

25 — *Portrait d'acteur?*

Très remarquable étude.
Crayon noir rehaussé.
Provenant des collections : Ary Scheffer, Marjolin Aubriet.

LE BRUN

(Charles)

26 — *Descartes* (portrait présumé de).

Etude au pastel, signé.

LE BRUN

(Louise-Elisabeth Vigée)

27 — *Portrait de l'artiste.*

> Aquarelle d'une précieuse exécution, faite à Ermenon-
> ville chez M. de Girardin.
> Provenant de M. le Marquis de Girardin et annotée
> par lui.

LE PRINCE

(Jean-Baptiste)

28 — *Repos de la Sainte Famille.*

> Très remarquable dessin à la sanguine daté 1780.
> Ex. coll. Gustave Jacquet.

MALLET

29 — *Le Perroquet chéri.*

> Dans un intérieur une jeune femme assise sur un
> canapé offre au perroquet sur son perchoir une gimblette,
> une jeune femme debout, prête à sortir, les regarde.
> Très belle gouache d'une tonalité charmante et d'un
> fini précieux.

MARILLIER

30 — *La Musique.*

> Très beau cartouche, avec attributs et figure d'enfant
> frappant des cimbales.
> Plume et lavis. Signé.

MICHAU

(Théobald)

31 — *Départ pour le marché.*

Paysage avec nombreux voyageurs et animaux.
Plume et lavis.

MOREAU

(Louis)

32 — *Vue du Jardin des Tuileries.*

Fort joli croquis à la plume et aquarelle.

Le jardin est garni de nombreux promeneurs. Au fond la statue de Louis XV.

Cadre ancien, bois sculpté doré.

MOREAU

(le jeune)

33 — *Gentilhomme debout.*

Très beau dessin. Pierre noire rehaussée.

MOREAU

(le jeune)

34 — *L'Autel de la fraternité.*

Très précieux dessin à la plume et au lavis.

NATTIER

(Jean-Marc)

35 — *Portrait d'homme*. Buste.

Sanguine.

NATTIER

(Jean-Marc)

36 — *Portrait d'homme*. Buste.

Sanguine.

PATER

(Jean-Baptiste)

37 — *Jeune homme genou à terre.*

Sanguine.

Cadre bois sculpté doré.

PATER

(Jean-Baptiste)

38 — *Deux études.* Personnages debout.

Crayon noir rehaussé.

Au revers. Personnage assis.

Crayon rouge rehaussé.

Ex coll. Calando.

PERNET

39 — *Monuments en ruines.*

Deux importants dessins à la plume et aquarelle.

PERRONNARD

40 — *Le XVIII Brumaire.*

Bonaparte et les soldats au Conseil des Cinq-Cents.
Plume et aquarelle. Signé.

PORTAIL

41 — *Jeune femme assise à terre*, vue de dos.

Beau croquis à la sanguine et pierre noire.

PRUD'HON

(attribué à PIERRE-PAUL)

42 — *La Grotte.*

Gouache sur velin.
Composition reproduite en gravure par ROGER.
Cadre ancien.

Haut. : 0ᵐ20. Long. : 0ᵐ15.

RAGUENET

(École française)

43 — *Le Pont-Neuf, jour de carnaval.*

> La scène se passe à l'entrée de la place Dauphine, nom-
> breux personnages.
> Crayon, plume et aquarelle. Signé.
> Cadre ancien.
>
> Haut. : 0ᵐ10. Long. : 0ᵐ40.

RANSONETTE

44 — *Filles de joies et descente de Police.*

> Les demoiselles affolées cherchent à se défendre
> ainsi que divers personnages contre les agents et l'offi-
> cier de police.
> Plume et lavis. Signé.
> Ex-coll. Marquis d'Erceville.

ROBERT

(HUBERT)

45 — *Temple de Vesta.*

> Beau croquis à la pierre noire exécuté d'après nature.
> Cadre bois sculpté doré.

SCHINDELANS

46 — *Fontaine dans un parc.*

> Paysage, personnages et volatiles.
> Aquarelle. Signée.

TROY

(Jean-François de)

47 — *Concert dans un parc.*

> Deux dames assises et un jeune cavalier chantent en s'accompagnant de divers instruments.
> Sanguine.

VERNET

(Carle)

48 — *Les Apprèts de la course.*

> Au Champ de Mars, avant la course, divers jockeys montés, causent avec des piétons,
> Très beau dessin au lavis rehaussé de blanc.
> Ex-coll. du Docteur C.

FREDOU

49 — *Portrait de Madame de Bragelonne.*

> Vue en buste la tête tournée à gauche de trois quarts, est surmontée d'un croissant, elle tient dans ses mains une flèche dont elle essaie la pointe.
> Cadre bois sculpté.